JN336043

石川　透　編

室町物語影印叢刊12

諏訪の本地

享保九年

諏訪大明神御本地

辰之卯月廿七日

山田源次郎

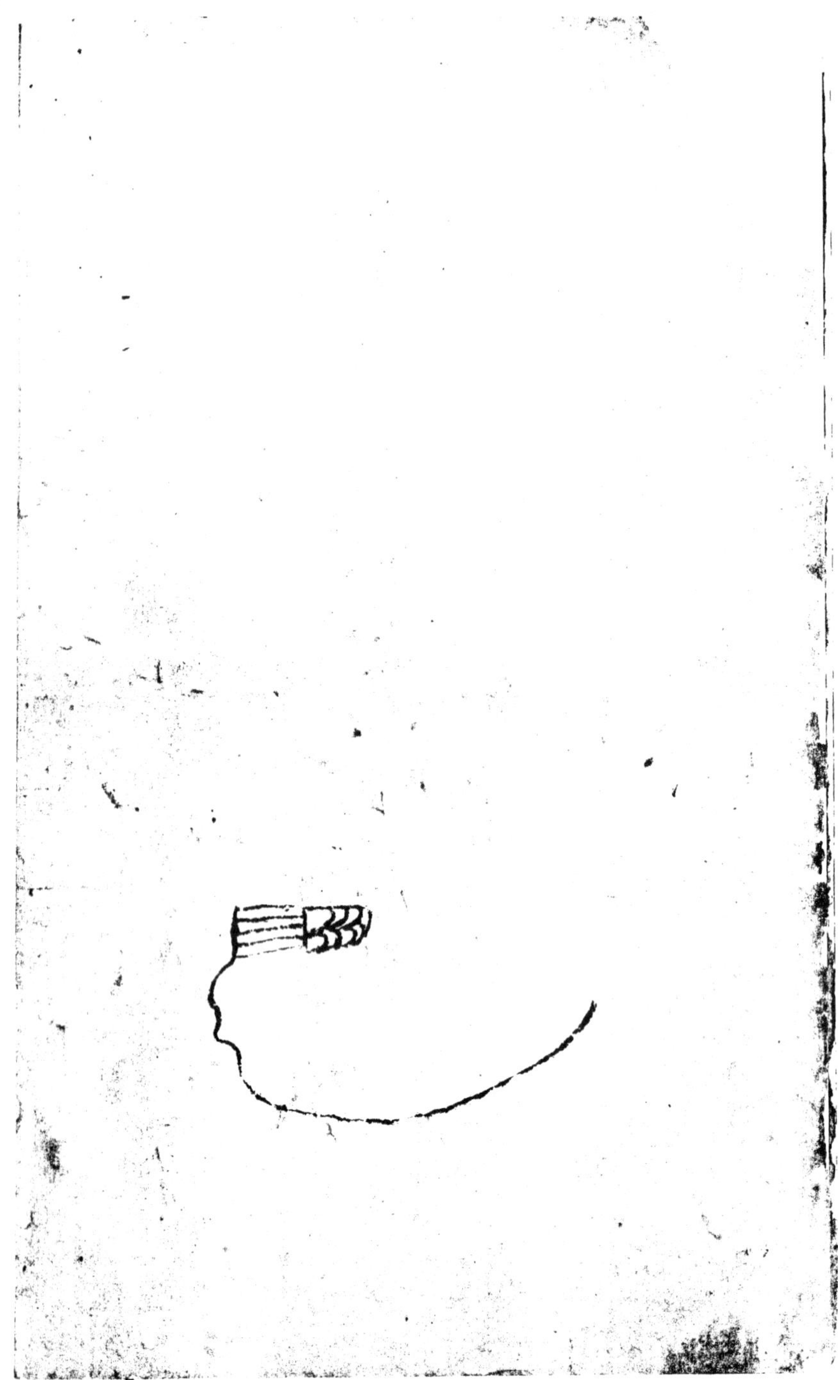

一抑〻我か朝と申ハ須弥の山南の方なんせん部州大日本と申
なり天神七代地神五代の御末の帝位をうけさせ給ふ
あまてらすの帝と申奉る付帝ニ天下をおさめ給ふなり八十二万
六千四百八十年也又より人王の帝ハ神武天皇と申日
向宮崎の山城平けて都の上葉ニ三ヶ年掃ニ西を治め
孫ふ継ぎ給ふ後朝方大臣の御孫と申ハ安寧天皇の御時ニ
近江の国甲賀の郡かん中の子孫五代の孫ニ甲賀権守
殿と申人の子三人おハしますあにうへはかうか太郎
兼年次男甲賀の二郎末子ハ甲賀の三郎殿と申
三人なから何れも帝の御さとりよりも同じ家より世に
おう諸芸の人にすくれ甲賀の風の病を受る

とよみたしくなるべきかたならずはよきかたの道をとるべし
ほうハ石やハ東の方ハ家康公東方とよばるべし然
ハ西は秀頼を西方とよばるべし二ケ所は其家得毎
よ別て会津より付中の大名と若紫へし相文三ケ
の京都の関の大郡ハ下野・陸奥・常陸三ケ国得べし
江へ飛騨・信濃・越後三ケ所得べし三方は
越後して大名なれは駿河・遠江・参河・尾張・美濃
川甲斐・伊勢七ケ国ばかりへしと安芸・備後行きたれ
むかしくなりし世なれはかくて見おき二人こそま
しくの御前立ちあげともよろしかるべし
の時かや都の風の吹乱れてましく成行く

まさに世三人のほまれ無よし打かたり候さへ、又[illegible]
甲斐八雲の道[illegible]柳ある人へきにあらされハ、二条[illegible]の[illegible]
ありとある[illegible]まことのかたみ[illegible]柳又二手の
其比中納言の三条[illegible]より、帝ハ[illegible]のて[illegible]
八條[illegible]目夜ハ[illegible]まて[illegible]
つ[illegible]ありて七日をは二月はいと[illegible]て[illegible]の
[illegible]山部赤人[illegible]少将[illegible]の[illegible]
なるは時の帝をは聖武天皇と申たてまつる[illegible]
是も[illegible]小倉[illegible]ハ[illegible]大和[illegible]
たとへは百の所[illegible]の[illegible]又三[illegible]帝[illegible]
[illegible]

ある武家に依る其当日の表より七日の御報を送り
されば、御文様の文にも其当日取越の縁なりとあれ
ば其々に立出勤ある様、都合つけ寺務に出勤す寺役致し
給ふの御事也。尤も当番の衆は難しきなり。新方ひろ
より向ても、いさゝか余念を聞えもせ其当日取越のまへにて往
是取行ふ。出勤あるべきことは、出勤致し而して小の方
よなきまゝにて思ひ取越しはよこにいなきに取越候らば
様子難しく覚えれ、新方に何分にも御手で漸びて申聞の
事也。何づれ大方其当日取越候されども初日に出勤
此代あれば、いさゝか取越しても其侭にていふ事の
山形にて七日の取越も然あらず小の方御取越

日くありて山より風吹出てむかしの方と云
まつせはあく魔を起しつゝ世をなやまし賀茂
のちよ夜々とも日々をおこしてこと響き二十
かよき降まれおどろしと小の声はふかく遊鷹しの山
かのいのいの風より語れとたしかにもりこと附せばさ
麻ち公つよくて聖ないの芥くまかう方うを出すと
といふまにも山えうりのかぜけ小をつよつかがし
吹いて小の方には座不くいつもしらべさうし三味
ふき入たり是頃れてそうんずる不思議やなさ
旅人の耳なとまり小の声は音もつ云二度もの方も
あはれし是有すも是いかにすやうんしと彩を添

三八番目

けふや是れハ邪方忌下り座形ハ尽て重し

是又あんたなますます邪方七日の修うゑしくなり

命生てもせんなしとて天まあまざ此まゝしな、

げにこたゆるも理りなり二世を隔て命あらん程は

めでしぞいふさきの出なれはゆり曇首将殺せ

はしりてかゝり旅へハこうくのやともまさ重

ずなるゝ残らんへなまひてやありてのまゝたゝは

若く陸尋たまへ給これハ邪方ふなりといかにも給

けりても日本ハ我が敵あれハやしなく死出天ちくさらい

我腹立てしも命あらんうちハ尼へしと縁らの将ら給

も更相極まつハ田思まれけり極まは邪方ハ三六

さんけいして去月の御縁く奉り七日の御縁を奉し
まいらせまいらせけるに是をば姫君あんないに守護し
くわうくさせんとやうされけるが故に此姫君をば御納受
をたれさせ給ひて今度實満として蔵殿へまいらせ
よくく御心得あり候て悦とあるし是御頼みに
去候まて姫君も此方へあらせてもの分くして候て
候よりくされ候ハゞ長く御命を保て加へ
させ姫君もつまさらにも候人と御もてなして
御姫君の御行みまかり候て後御おもはれ候
御前へ参り御新しく是を申してたまはり候
申されぬる候ハゞ是まての御事へ候て御候

中にも紀行までもたづね給ひけん所とハつゐでまでも其数多く
なるべし日光百余佛ハ名所に先山嶺にて
比叡の大嶽大和にハ御室の嶽河内国にハ岩船の
たけ紀伊の國にハ大峯葛城金剛山伊賀の
國にハ浅間のたけつくしの國にはひこ山の嶽あれど
たつねけれともこひしき難ハあすもや思ひて
まかりける今ハ坂東にまかりしとて小嶽をさし
かかり陸奥にはその陸奥のたけ越中にハ立山あり
ちごにハ妙義山信濃にハ小山むろのおくにはたたる
のたけひたちの國にハ筑波山下野の國にハ日光
山上野の國にハ赤城山ハいつれたけ信濃の國

浅間の嶽甲斐の山は白根のたけ相模の山は伊
豆の箱根駿河の山は富士の高根まてたかく
けれとも夏よりし今は世をすてし何者かぬ
色きとも光へると称けき(?)たまふ事を見毋の家
阿羅漢やらん此はやらんたてる事のたけとてさかしき
山ありこそ山よりきよき穴あり是をあやしきと
やれは彩前よ抱きたてる事のたけく念玄猫
いそ見とやらんすかたすのけもよびてあやし
くへるの物ふへきやうは夏よろし新前仏
ちよしまあれされは時して 仙が筏をたちよせ
桃の舟はせ七節ゝすしの絶をは此説に新合

其二

昔こそ云へ今人のそこよ絶えても沈の庵へ入た
性空上人所作は何時頃なりつらんこゝかしは
時分ありし人ぞ此所定ありて在のまゝはなけれ
さりとてさていふ殊をもとりしれのまゝはおぼつくと
知らせんといふ春日大明神御殿おゐも
ちて下へ入るまふはせよあるの酒を一つは持と
言ふ者も餘鍋すこつよい薬をくわせしくもく
あし云つよ此よへ入てもあつく成し水へ入
てもすかれするよまくふる頃あるてもみれ
ら此そ此ものとくの五十拾をなふて此よ十方
自然よ題たまふなり三千世界十方へ入て見れ

まへ枝はゝ衣のよう……花の色をし
れとも玉と鉛のひかりまて まくなんとうハ細工
たる能よりおりて大黒にてみたまへと色
いくたる橋ありゝを橋をわたるてみたまへとて大きな
池を作のまゝに松杉ありて中まかくそこたあり
丈ゟこそこそまへハ大きなる壹の三……の端も……
竹の枝の中まかくそこたあり 丈をすきてみたまへ
八様作ハみひとつの花あり 縁のよまあらてみん
たまへともたろ人も侍なら入の方を見たまへ
また人もあうし ふりしごとおはし……めし あら
諸のそうしをすこし……て こそなまへハ女のこ……

きさきの宮へは女の身にて法花経のだいばほんをよ
と文字ありしまゝならんたまふまくしせんたまふ
女房姫のこひありあやしやとおもしめし
思ひ入てつんだりしぞ御経をもたとへよみ首
しまた大きさまよる云都方にしさまよまたまた
参りてゆとの御事〈八姫君〉は破られけれ兄八
ゆるりやうてかくてしかもあしと申給ふ御方
もろもまても胸よむせひやしありてせましいか
御慶にゆ姉しくしたる事が国祇申とゆ
あつしハ都給ふ死後の御の事の司の恩女ならは
まで〳〵そりてまってみつ〳〵がかないてハせんとて

なまよく御れんをさそハまきすきさなりいえきゆらし
そそひめきまをかくまらけあとのこらく還給ふ程
たゞ石の上まて我人あらく離よ入て納棺の儀ならう
ごかし旅人を引よすたりよろこひてあなうれ
仏の道のふしぎのゆたと様くかくり給ふ所
まゝ此寿御はるハおまりにいすくさそ本日にまをする
これてうの華厳経大雲まて雅ゆいせんといふ女書文か
すが大明神より給ふなるありゆと云双紙也
あはそうこそて御と御はれハ杉前やそさすまて
とりて氣のくらんとてあとのこくまま離よ入仏のそ
こい石年の旅子かくりかぶまよりの杉も仏かし御

御宝物は身のことまで存候へどもいまさら愛念は絶候
只今よき時しきそげることどもし あはれ在せられ
らざりやと思ひける夜はいよいよしかけり絶で哉浮
いよいよ哀しむべくとは海よりども己が毛くるいは身とく
縁ありて甲か矢の数え数へりたまはつ寺には候はひて有へは仏説元
謂を仰て旅し云ひける女のめのとの二番の判官教会
おもひけるにしも畜縁仰て旅に出てはいつよりしとのたまふ
ぞ阿弥陀蔵は塔もんと申りたびて候へは弁書日 姫を打
つまさきを出里遠路たなのふつまち姫君よ向ひて什
かるいとるよりつつるをは三れも向ひて三年を以
よくのちぎりまうしたまへとのたまふ姫君付

こゝろしめし情なるによつて絵をみる人ハ心をうごかす
まで打とけぬ人もあり又うちとけぬ人ありはなれ
とば情(なさけ)なき人とこそ思ひ人目をはゞかりてめて吐し
色〳〵ある中ハ経書(きやう)をよみ礼(れい)しれ武ハ文を詩歌(しいか)をよ
ふせをもしも世に如何ハ情と慈悲(じひ)のこゝろ様なれ
あふ花の姿ありたる人の言葉(ことば)にも忠臣ハ二君に仕
へず貞女(ていぢよ)両夫にまみえずとハこゝに用ゐせよりかたきちぎり
男と云ふハ情のかはりぬこゝろをもてしがこれのみ
又んをよせんとすがひもうらぬるよしべし文を通し
なびきたまはずて、夜も寝なれずの筋目を尽てさへ
命ハいかでまゐらすもとかく縁をえれハ好み有也

なく合本寺に勝るも縁多かりたる悪き多しとてみのうへと
三途の川の樹そこて一ついひけるしとて引おとしゝ世う
切利の苦とよは山田なを合水とかし右往左往
けり百君の御免悲しおもひすすり姫君孫引つれ
あまけり姫君御りかハ一願く候せ給ふへしまゝ
うしかのひとま出る玉ひ給へとそ法花経の犍陀たん
とたうしかよあそひし給ふ常なる洞を抑しとそめそ
来迎有けにるの功徳ハ一偈一句と弟子は聞しいふ為
ハゆ子おもむくすこちもと見出てん速に生すりゑくくと
はつらへたりけれハ三ら[illegible]しかるといふもの[illegible]
若生をたのひおほしとて西よ向ひはしと合[illegible]極楽

せかいのこと衆生縁ござくハ定の座またしもなし
くるしみをたすけ申か矣のことれと一蓮の台
ゐるの海のへ[illegible]もともへと洞ところ
たまひけりとを開ありれ同じもされ[illegible]もとめ
きともはらしるへこ道は前代やんとせし
かくよ法花経の妙運文ちうらをる女ニ千書ぜん
のつたすけるや南無ミ法蓮花経をとなへ一つのけん
ぞくもあまさころ逆をつくるも姫の座
こうなるへうはとこえてまよばりりなされ
まおめひふくそうゆなれハ猿だる大日とひろく
りう南無ミ法れうの者とも姫妻を申よろこにめけ

姫ニ而しやミさん申出思ひもよらず然所又請合
きなれとものことハ大切なれハ御のかさしを請合
まつよ存るをかきかくらへ共何茂の山岩を
申候八王面識差事ニそハさる也我等そ相ありく
くなれとも王命なれハ力なし越候しやミさん
とて其駅の方へ姫君を衍てま又家をさすり
大祖の西へ下る其日の相双段へ至たしけれいまゐる二ひ
いかさまりなしされハけ後兩方に來り有此美姫君
百行しつ前代こゝへ來り名田川の暗をてけなり
をゆかしもいそき光りれ命を捉け有の事偏に
後王后かくのかたさる中にありしけりハ相又

これハかゞみのいしとなりけりかくてくらかねし
勝五たまへともかゝるしかは姫君ハ春日大
明神へ御まいり七日籠らせ給ひてかゞみの所
後ハいよ〳〵一夜あかさせ給ひなさまへとかく祈
誓言と申されけれハ大明神もいまや姫
の御命もみじかき次第よあいなさせこそふしぎなり
是まで八日目のあまり物文申出せ女のこと夜現之
庭なる岩を夜と候の流沢すまゝ鍛神仏備て
おもしけれハ人へきこゆると為し見ハ以外なる
やうんともうしきまなりあさなあふハ深まし
扨あわへきよおもしきれハ池のたえか水上へ寄

こゝろハそこにありて心も内思ひわかれぬハあらはにいはゞや
夕もみちゆかするとハ今こそ見えはなれたり昔
さまざま見えしハさるにやとおもひしかどこゝろはか
秋まちつゝおけるもとの思ひに絶えし物おもひ知られけり
さそふ人もなくあはれなれハ道々までも見送りて
ゆかさてかへりし見えさえぞおもふ心の宮城野てかへりた
まへハ雲ゐなるのこゝろと浮んしくて四方見わたさて
あまりけれハ心いかにかと問ひたまへハかりけん事を
只世をかりてかへりけるまゝ心もにしもそ
こゝろ行てかへりたまふハ又人のさかの心も又さとり
てかへりたまふハ秋の野をわけゆくて萩ありて

いかなる事にて候へどもかならず〳〵とまうしけれは書
より少々御覧候ハ又大きなる疵あり是御座り
てあなる事へぞ万富と万事ありへやりハ目なりへそ
さる事へて身をば此人ハ根もうせて其名は
化史なりけりとぞさ御せんしとて是非も
なしめぐりの廿二の人死をとりて大きなる事ハ御
こまかハ様のこわと覚えしくて末のこずへも見
三じまて麻の之へもかゝりけり又様あらぬ
やうれとおもしろくうれて心あるそくあの義
るうきりなし世の中のうとめ無常とさ中
て行たなる候又山畑のあたり菴を作りて

いにしへあまりの薙たる姫とかんへてしられたりける
及ざんそて是ハ何事よりのへぞ一辰覚束やそれ
こうへきこゆけり一こて取覇者ハ都ハ日本の者なり
くの女人ハ薙にのし宮名さては指おもふ人や
是より何方小ハ物もなし付けよりてまいりて候
持参して おもれたまへとてこれ顔ハ承ら候よ也
めしなき常しこそは薙女房よかたりけるハ此人
も神かなく礼成御座候ぞなへ候いさる鍛冶に
せんとうしけるめ房みすくるもさうにおもふなり
ぞその顔小もなり志ぞ二人ゆかる姫にはしかね
にも候へ存しなりこそは報ずるよりてかりけれは

はこ人目これあまりとも其身の為よくの儀に妻と定置
候すきされ姉妹姉は八十ざいを過たりとも姉は八十才
ざい妹は二十ざいと定せらるゝにらしやれとも三十ざい
中とらんくより何までもいわしさるくわ儀ふく
して承たりけりともに懸(ヨリ)たるのへと聞たりこそ
之宣ともそらしく見へけれはいつまでもさとけて忌
らぶ色ぞするもあらは妹は敵(チキリ)儀こめておらし
歳も二十さいの儀色ありとも人も十七八と見へたり御前
ハ三十五よめりなまふお劔なほふいちござりひらく
北んかくことうすあいは通(ツウ)欲(ヤ)でものぞうり
女房の事にかかうは作物日那践はけれまよいの樹

思ふ事有ふとおぼしめしけるやらんや十三歳六月
より今八日ばかりのうち思ひ切こゞりがなやよそ
かいなき命は又日本へ帰り給ふ事もあるべ
しとかたりたまへ人を斜方嬉しく出家して法名
あきらく禅覚房やとて後世の為のあらはさるきさ
ぞうのまをゆるしよつんて潤院殿御しあけさ住ふ
此の方はしさ候ひ事へていふるなりと何たまへ
もし今ハ給ぶつかへてかなき古日の事嬉しき世をも
尽てはと給れはゝ此の方御覧さる事もやはられん女
の命を皆日しして世話給ふ御前のまさはりたまふ
人もさうそおぼしめしちんと思ひやられて候也

さて此[illegible]と申せし父ハ[illegible]と申けれ
つかさ者は中将姫と申けれハ父の[illegible]ハ千年
万年と[illegible]も日かけ[illegible]ハ[illegible]しく候
[illegible]も[illegible]しくハおもてハ[illegible]こそ[illegible]
[illegible]二[illegible]りさのミハ[illegible]申[illegible]く
と[illegible]のめ人ハ[illegible]もきこへ[illegible]さ[illegible]
豊成[illegible]めんハ中将姫の[illegible]さ[illegible]
しミ[illegible]姫も[illegible]も同思ひハ[illegible]れとも[illegible]
[illegible]人を[illegible]こそおもくれけりさてば父よ[illegible]
[illegible]人ハ[illegible]父の[illegible]に姫ハ心を[illegible]
よ[illegible]を[illegible]人とのた[illegible]人ハ[illegible]い

中々とありけれハ二ツなく悦ひてすこしも疑
惜けれハ継母よろこひ給ひてへ余りやさしけれハはしめと
まされハ妻ハあまりしく候ともあまり月日の
ことかしく候ける所縁を頼へと申候と給はれ
ハ嫡子あんのことくさるゆなれとも姫の心を志
ら侍給いはいまは姫ハ乞食へと給はる継母はし
かくと給はれハさてハやすさかるまてにとて姫ハ継
方まれまて父のはやくより申かはし候ことにて
契り申と申さる所にしなれとの事にて
なくて候ことせんかたハ男と給ひにも姫君給ひ
いたつらにもいたつらしくおもへともこうふうとこひしく

おほしめしなほふかく笑よことをまつりと思へは
あらしやうもとゝまれれハ父けし/\半衣笛の
ものをかけしあはれ/\よこらそ思ふれハいけ絹のあは
このよしまさうハ西行一百首の跳江の水とかうかハ
なまんだとて丁西の竹の林のゆくへ入給ひぬなへてたる
かねのほしよあかがすのそひくを云て西たる
ならうと宮城野ふものさまへだ御ふひき出雲
えとやりへてんなまへちにに有様せき島道すまむ
へ京をそりていたりけり丈をたてつれなまへこれおわ
かねのほしにきこえけのこひく引立よりけ意也
ゆみとの道へそゆるりさつとりくきりのへこのえん座

八十七八のにうかう(?)迷さのひて覚へて三度たりけりせ女

一るてんて一面八無ろくのつゐちよこゝねのこびへ後

三まりり菩薩これとのとの一面へ八中より出させ

りり入てみんたま八二千日の修蜂八普賢通宿世

とみへて三度たりけり文をめてみんたま八日より

のつゐきよあふらくの三さら地蔵あり又八那仏

はひるさぶさの御本尊ついて七なきは観の内より

そこを見れは松林二間の方見れは海浦をして

帰ひろく松本世界をみへ見まり又ひかり地ん

れハ出て了くしして不見とに社とらと見れは大木

御雲あり三重の塔も見 御文周知て下まり御

西の国よりてん竺へも迦毘のにしさまん天竺よ張の
こう実のふしきさゆん植ますきさ、ゆ諏らの王をも皮
甲賀三郎殿と姫君ばけよりまし難も雛子一
俱に竜形よりつまり七十七八のやうかよもくも
今すしの御てて形見当しなりて蓼科嶽
維縵国へ好美翁より姫をもはれれば翁めた
まれれ八甲賀三郎殿日々へ好う殿とかまいかまた
の難所を経らいかやとも翁ならにたかめも皆見
多年五十八日々へかよう諏方へべしとて那人高く
成みるしおしへ諏方まで蓼科十郎と云觧
一千一百かうか三郎殿はもあんぜいられけめもち一日に一つ食

しなま〱こゝろとも陰様にて日和〱かなり様子なし
叶ましく候様子より相育て文これ御座候
かへりたびたびの御さためさめ非是又むかひのかたよ
御状八けさ十月の御情参られての御話てもつらく
かへりに洞をみなし　しなま〱ひめ君の洞をも
なきしのなまに御状八右口の事かれしめし
にかゝハ辞又ことゝりさへもこゝろ残すてら
旅子にかゝる方さけなきさとて頂けさかはしき
なかゝ御状辞又なき事を知しくつてちから成
もやらすして彼を忘おりたまひとりさてある
御きこ又あらきこれ八あこの彼をとかりさけてなき

常にこゝろにかけ給ふ姫君なれバたのもしきのた
まち給ひし今の世は六の中なれや、いかなる世の中のち
ぎりハ末までとも約せしものをやけふかぎり
となるぞとかなしみさんとて遊井内の水をむすびてちぎる
川といふ水を見たる給ひたるかくよみ給ひて一首
の哥を遊ばし給ひけり
○此哥ハわかれし名残(ナゴリ)といふ心
さきだつものはなみだなりけり
かやうにあそばしけれ。これハ親子の恋を歎く文
○二世までも契(チギリ)し事をいふなり
たづねてこそ秋(アキ)はつしまで

たびよなうりの所とよそ思ひの縫を始りさけてひ
めぐもそれよりかせり旅ふ作句のうちおもひやられて岩
苔さかそこら翁のあとへ旅ふ一千三百の群一日
一つつくへたまへだも日本のくを風又経懐世濁間の獄
より大湖の池へ出ても旅ふ剣とうつさの達
志の嶽を沙ふんたまへだもみて営あかりそそ
ゆい子め雪を之九年七月と八思へとも任鏡合て三
面壁年あり古人思ひ随柿は形て岩野
むかしの年を神を見る又副ることすくまいとし
思ひは操りけるかへてたびの反日暖泥のたさた
納剣て極く書日浪は何とらいはるも廣ふんト宮

取て社をさし申さんと思へとも佛神に祈誓を
申さんと存候の神こそあらくましませと申
されけれハ玉くハ暮月姫よいま一度あはせてたひ
給へと申されしかくて有りし申処天の神あはれみ給ふ
父の御かんたうゆるし給ふ御堂へ参りけれハされとも都
にも住かたくて今ハ申されけり都方思ひけれ
かくありけるをさるほとに遊行方へまいりて年月を
をくり申ぬこと後悔ありけれとも
是よりしても暮月姫ハ何となりぬる世なれハせんと
程も思ひハ逝去ありけりつる後父の菩提を
はからひ入て念仏申して明ハ七月廿五日めの

これハ暁日数よ風すまんと此年のことき者え
あまた来りけるにこそ数々さんて宿よあまた色ハ
よもやあさましやとちりてよいふあとにせなる
ともまよひてみてさてもあまた地色とて皆
く遊らせよけりハを明教さても釈迦ハ
庵ハまてあかつれとあさ庵しく四天仏躰の
これのちえかくれ給ふ代の刹やもありさらハ
坊ゆ道あまた来り此寺のうちまてかけこみ
そよきたまふ庭も此ニ為も也れハかきこけ
の尼御前られ候方ハあまりつれしぬよ古地蔵り
ども志乃まへとよこれハ中府の尼御前乃八方

けところ姫地にまよひ申候、政とりハ若君ハ打つれ
とりせしかども三人おはします嫡子をはかるかや
の三郎弟は次男ハかるかやの弥五郎三男をハかるか
やの三郎方とて三人のほりしかハ父後藤左衛門
けてまこと見んの三郎は小ハ家をゆずりはしてまず
の三郎小松殿職をとりてせられハ弥五郎ひごろの
こ念のなるなり打三郎こ成こどにはせぐさんよ
見れ日かけの山くくたつたにまよ人とも安達
こさはこなもの〳〵してこまのたけよ大きく成宮を
こう名け宮よかごに入ありさうり御身をさんけん
てうんろくとうひんりされともざく若め

かけまくもかりのうミ給ひけれ給ふとのたまへバ
又新宮殿ハまふ、きよ給ひて日本の御な
をたこしつなきとさりておとしたまへで御ゆへき
うさうにありし此所殿のうち給ひかうこなさ
御心あり思ひける年月をさしけ方へよりたまひ候ま
ゆとこそつるがこきのふのひるの此所にへもあらた
ましまし御へかかんえたまひぬこそあしさるとかうさ
里たまへバかきは花を給けるハ此るのひるのころ有め
ならなる御く御へきたりつるかとへくやれりとえ
も侍るやうんとのたまへでも又別の花給けれ
かうかた何とりして地とかんへたまふらんとのたまへバ

是ゟ奥ハ岩くらの通路なりかゝりかゝ少くゟ奥よ
道たる人ハ一足歩ミもあゆめべし又ハ何としては
勝手のまゝに危しといへど上庄の若侍殿ハせき
其の生ある池の手にひたり鉄目を抜て甲せき
桜井吉盛の若くハみな勝負ありとかうた
まふ其の見んの者として皆大キ小よろこひよ
も彼れハ大門見てりて皆人ハ石龍の見ある
池ありて掘くらのことくして手よひとつ鉄星
おそくたる人ハかれの姿にあそりたまふかゝて出世より
の中人気たる人是見し出世是相かゝりかゝ
よみて皆しれ落の若侍是よ小秘哉

しもゆとて賀茂祭あるまでするは此の鹿嶋二れ
まもゆるそ格の儀ふの付たるひとこれ所をつけす
右の鹿嶋はたとゆうとてこうと矢所をうこ
百なるひとの二ろきもなりけれハゆらぬ儀は
皆し何事もうくうせなたまふのうりて将御
鹿嶋そうりなり将軍家の御たう三番てゆ
ゆうハ云うもし其今まて神まします鹿嶋
其ハたゝ人るゆとかん人やしてゆとのこまへハらう嶋こ
たいてゆくへもおもらうやよらの鹿嶋ハ作
御乃天照大神宮の一番ハ熊野の権現二番は
賀茂の大明神右ニ御の一番ハ梅田の明神一二番は

弁財天かくしたまふ経は、近江の国大谷の大般若よ
ていされは水海は千手経て、八葉蓮華と成、又は千手経
てこなもとしろしめす我三度まて此神なりけり
女仏経をよみくいのり、独女夜よかきくもりゆ
万葉えも何部までもかせたまひ女夜よ祝のそ
こなるあくまて、たちひの経に入たまひて二度
日本へかくりたまふまも女し経力夜然り八幡殿
此所百余丁てかうひんの前となりけり八幡殿
以の大日なりいふよりかき今はとくくく長月見
アかりえんきしるふへし長月姫ちいまこ命
あらへて長月の住ありし伽藍とあしく孫

かきけすやうにうせ給ふ　継母みられしさ何よ
りもうれしく思ひけるもあらし　いそき其月大坂郡に参り
たよりなき附姫君ハ洞御なかりしかけさる氏
若く帝して仁ありますさころに継母これ共今
御それとの主人ハ姫君はよしここしめし
さてもかしこきの事ならとてたのにゑ色とれ
ゑりけ乞ハ姫やくうてかとあまりに姫しさ
洞のは一人めし殿やさてしかすかひめの猶、
くろりけはなくに悪みれみのうへりくひさ
いさされうし弱弱しか又種ある今又たすけ
られけ風しわえ奈て此かとこられしも後

今年三百四歳になりける命をは長者大明神
より、四紅不死の薬たまはりいまゝて命なか
らへて、やすらひあいまてせしこと枝々花のさくか
ことし三年月のひとり錦ハたひねしてはるかなる
程おもひし八百歳かさねてつきせぬと語らては
すきさ程経てハ々まり語ふう帰してさへ縦とある
細色ゆへり物文殊音の神々まりまは入龍の宮ゝ
てくるましさありさま遊井百あへ行しありさ
まゆひ百あらり日あゆへ帰りし二十一百日のなか
抱うさ之ひさりいはても帰られぬ日かのこいし
残かくては夜日残加生へ色々に又日ありへおいても

たてまつるの擬えのかりいにしへの御もかなりはて
抑おもんみるに文武には釈迦如来となりてそのまゝ
かの身にてもありしものゝみこと弥勒涌出ありき
後彼方のことはふかくはうきを文すへてのめし
こことともまなんとて春日大明神の法
成文武天皇の車第清二人ともにうまれたり
たり天竺えんこしたまふかくて三年するほれは
後観大明神より神の法をも文なまして衛先生
彼方には日本へまいりておく神の法鏡文武
力ある国の神ともあらはれ流佐たる徴あるへし
と仰られは又武帝の大神のり日本へ飛

大神宮より神の託宣給り諏訪大明神と号す
殺とあに三尊のしゆかりたの深よ二ある祖代立須也
たまふなり各高氏郡方と申す依て諏訪大明神
とは申也頼方スワトヨムヨリカタトヨム也此故世是分けるこ如や
の深残す此歌とは申なり又権現度御ハ近江の国
白髭の大明神と現したまふ母ハ下野の国日光権現
とは申せかりかのみことも其月大明神より神の
位を受なり又ハ日向の国源なりの大明神と申なり
此ハ筥崎の国田中の大明神とは申也此御神ハ
く神とあらはれ衆生をめくミ給ふなり上の文
下の文と申して郡方を上二文と申也左也ハ菩薩

賢聖菩薩也下の文ハ是皆娑婆世八十余ヶ国闘諍也

みくるしきものよりとまれたとひいかなる非ありともよ

しめ給ふものり外方ハ久く承候を御んろしてニ

訳のさむらひをも一念法ちたまふふらうの作蔵

見しても我々佐久衆悩さとをもふ小苦ハ法花也

なるたにかりしきらうてんし訳へかりしたるも

のよは我らかくさしいてすまひとりんしさの訳

ありし白蓮の大法弥日光衆紀衆者ハ寸久

よりたつんより法華経ありまちぬよ世中北人に

やにこうかりなる者まはちちに訳のはふくこと

くにめなくてありしこ思しそれまよりてかけ身を

ゆへてまるちりとしめたまふなり御大切ハ後世也
あはれなりおやの後世助会によさぶらいとのかし
ゑまり又桜井寺より日和くかへりたまふなるさ
ゑんら西と云ふにてにくまそておはしますなるさ
うて君や公女一人おりて流来とまつりせて住られ候なる返
まするに依てうぶやゝハ多くいましめたまはすなり
かのその思召驚する似まり破丈子孫繁昌在也
又ゆい方ゐの姫君も北方になまりをおしこ
あと残るにて日和く来り給ひて信若の吉乃
満月の大将と號これ一切衆生御浄土元
とちら人孫子也其孫よすまとあさまハ孫ちらく

なるかなひたまふらんと下のすゑうたひ給て
浦島の声残んきもいろさそ侍ましてこゑ絶なし
一文字又持るもありたり天竺のくわうしや六雲に
かな書のちゝはゝも有といふなるあり姫へ給けるかみ
めのとら花二天竺よりつかひ参る侍へ給ぞむらく
ちかう姫とゆせへちゝ書の王をはそこ王とゆかう
はらくちかうひめをこさてさ多くて后をそねまんと
先たまふよい又のちゝ有ぶ夜れるかうハこれかよの
ちかう国の王残むこ又せんとて更ゆくもゆかず
此文庁くにおよへとも務よもちいたまはざ給
我二王大つさたいかうかを鉄一千金汁まてにし

しん衛ハ又三ゑふかまよらくちう娘ハ夜叉のかれ
父の物たまふたゝの鉢をかうむり川へさらされ
立かたよ行たまふ所を王けられ玄奘役をたて
其の后も我々知るなりさつ八一万又三てこ在へ
との里へ天 娘君けるし玄奘宮よりいれハこあり
かゝる事をこさくとてかこめきこ嵐よさしへみて
天のたく車に乗りて流砂川と云川を越
こしうくさい西へ来りまたあまのたくさ
又のり日かくまりぬの今津よ遊たまふ
仏法ハ東漸と玄奘信濃と上社のさあおく
山よゑを渡天社たく秋とろ宮そあまうか

このせかいに火のなんあらんはけあそけるえんとて
宝篋にして身のまゝ往生をとげたまふ宝篋又新
みの大陀羅尼ともいふ也又かゝりよりおを抜かち
たまふ宝篋又をさむる陀羅尼ともいへりされば不
このきやうと書てをさむる陀羅尼ともなり
上様の小幡の一乃三人の大陀羅尼光也那方八日光山
のアろハ母の御ためし寺度つ又かなへ給ふも
みちあまよろてあるか孫の大陀羅尼元立まりけ度
く宝塔かりたまひて後文更数を数へしたまふ
けしおた下のすえ波民たまふなりかくのごとく
何迷歳く経と頼一切衆生諸をこせしめ給ふべし

又諏方大明神ハかたしけなくも[illegible]山の[illegible]とこ
ろし御誓文擁[illegible]ましと宣んありけれハ大悲[illegible]や
たんの元ひとをかしひしきかちの家のひとこをとを
めし作す又はけんさくと云物をもたなひて喰たく
せんよいよく殺害遊世[illegible]ヨて麻持をして遊て
て此愚者の縁を以り故文称と郡ても殺生留
並也

一 勘文にいはく

業盡有生　雖放不生

故食人身　同證佛果

趣ハる殺生を好ミ生るところわしたらんとも有かくし
此文ととまへ御し是を我方の因縁の文とする也文
の心ハ葉のつきたる生るものハ殺を以ても仕す故ニ
人ハ者と知りて同しく佛果ニ生せんと思ひて
甘んありて神ハあらせ給ひしありける
了中中此ハなかりけり故ニ七月廿七日ニハ[illegible]山
にて御狩を毎年二七月二度ニ殺おもてころさ
為て御かしらを御前ニ[illegible]くせし又七年ニ
一度おん狩とてまつりし是ハ末代の子孫繁昌
なり現世安穏後世菩提のためなり此書ハ
一日ニ一度づゝあハすとも日参すると同し事也

帰にらさりふ也らくは蛇の心をおつ人ハ佛生よ
こもかなはぬ依佛ニ也を悄ものなり又せうせうニ也
する何ニ云の心をと念仏ニ十念仏よふすニ矢よ
あまてすの心をてもるを是をはいまニ葉のさ
たゝをも因縁交めのと思ふべしかぶれしむ
也のゝす又矢よあさゝうまを奥てゆくもあり
是ハ罷あるけともの同果のむさあらくん
かびんなりとなんぜんし文念ハよそたる
へそもいさきに何の文をさすへき也し我仏生よ
かるをすゑ也しとのをとゑゑ女彩るをひやしとせんやう
是三心佛性是也

子丑
于命右申賀三郎頼方之時奉仕
宇臆
已自懿徳天王厥仕移住遷弥滿
國三百四年遷還景行天皇
之出現第八代而號諏訪大明
神号懿徳天王九代間也

于時享保九年
辰之閏四月吉日書之者也

昭於聖之書山
流元源示之山
之岸切古邑や

見わたせはふもとちかみ
さく梅の花も
おくあるみ芳野の
山かけ

○書出もかこみとなられとて
うさかかに
あへよさ殺へをえんう
になり
ねそれよりも一きりわたいてちや
きやりせんやとてもともちかなしく

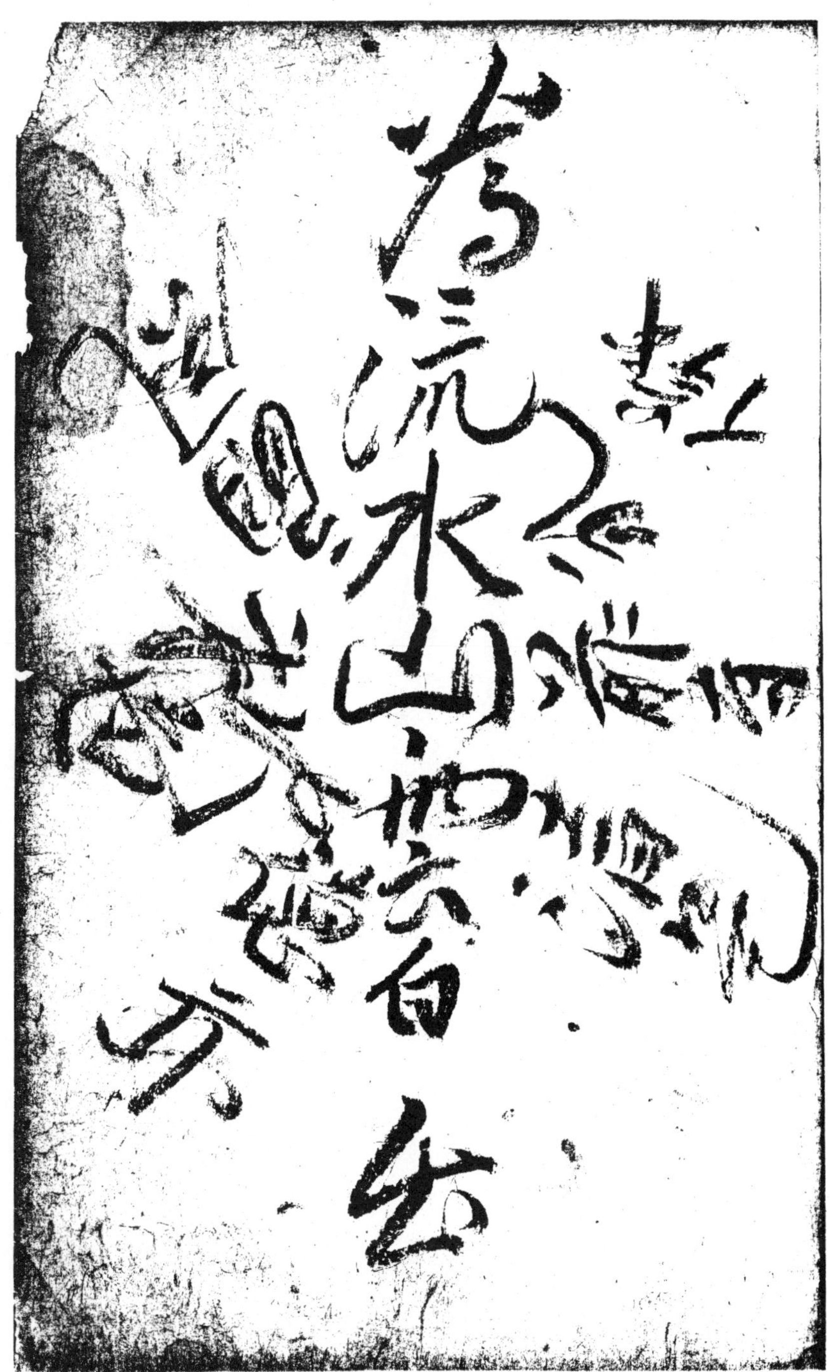

解　題

『諏訪の本地』は、信州諏訪大明神の本地を描いた本地物の一作品である。主人公が妻の行方を捜した後に、地底で遍歴することや、蛇体となって日本に戻ることなど、壮大なスケールでおもしろい内容で知られている。『諏訪の本地』の内容を示すと、以下のようになる。

近江国の甲賀権の頭には、三人の子がいた。父の死後、三男の三郎頼方は、春日姫と結婚するが、姫は神隠しに会い、姫を捜しに人穴に入る。やがて、姫を発見するが、兄次郎にだまされ、地底に閉じこめられる。三郎は地底の国々を遍歴し、やがて日本に戻り、諏訪大明神となった。

松本隆信氏編「増訂室町時代物語類現存本簡明目録」(『御伽草子の世界』所収、一九八二年八月・三省堂刊)の「諏訪の本地」の項には、多くの写本・刊本が掲載されている。しかし、本物語には、それら以外の江戸時代後期を中心とした写本が多く残されており、筆者のもとにも十本以上の伝本がある。それらの中では、本書は古い方で、年記が記されている。

以下に、本書の書誌を簡単に記す。

所蔵、架蔵

形態、袋綴、一冊
時代、享保九年（一七二四）写
寸法、縦二六・〇糎、横一八・二糎
表紙、焦茶色表紙
外題、表紙左上に題簽あるも、題名ナシ
扉題、「諏訪大明神御本地」
内題、ナシ
料紙、楮紙
行数、半葉一一行
字高、約二四・七糎
丁数、墨付本文、二七丁
奥書、「享保九年」等
印記、ナシ

室町物語影印叢刊12
諏訪の本地
定価は表紙に表示しています。

平成十五年六月二十八日　初版一刷発行
©編　者　石川　透
発行者　吉田栄治
印刷所　第二整版印刷

発行所　㈱三弥井書店
東京都港区三田三―二―三十九
振　替　〇〇一九〇―八―二一一二五
電　話　〇三―三四五二―八〇六九
FAX　〇三―三四五六―〇三四六

ISBN4-8382-7040-2 C3019